신의섭 시집

세상을 살아가면서

　인생길을 바쁘게 걸어가면서 틈틈이 마음의 감성(感性)을 서투른 글재주로 하나둘 표현하다 보니, 어느새 시집(詩集)이라는 한 권의 책으로 세상에 선(善)을 보이게 되었다.

　세상을 살다 보니 어느 때는 희망으로 행복하였고, 때로는 절벽에 부딪혀 괴로워하였으며, 또한 인연의 끈으로 만남의 기쁨과 이별의 슬픔도 겪어가면서, 살아온 세월이 몇 해이던가.

　한 가족의 일원으로 살아가는 동안, 나와의 소중한 인연을 맺은 동기간이나, 이웃사촌과의 삶의 관계에서 헤아릴 수 없는 수많은 희로애락(喜怒哀樂)을 같이 느끼는 동일감(同一感)으로 기쁨과 슬픔과 안타까운 아픔을 공유하면서 뚜벅뚜벅 종착역을 바라보며, 오늘도 걸어가고 있는 것이 우리 인생이 아닌가.

　그렇게 세월에 떠밀려 가다 보니, 무심히 바라만 보던 오묘한 자연의 섭리(攝理)에서, 모든 만물(萬物)의 속삭임도 내 가슴에 아름답게 안겨 옴을 스스로 느끼며, 이 모든 것이 내 감성(感性)의 세계에서는 천라만상(天羅萬象)의

모든 존재가 하나도 빠짐없이 애틋한 소중한 인연이기에
보람이요. 행복이니 축복받은 삶으로 살다가 때가 되면
연기처럼 사라져가는 인생의 삶이 아닌가 하고 고뇌(苦惱)
해 본다.

　그러기에 나의 모든 인생의 과정에서 내 삶의 인생관
을 시(詩)라는 명제로 아무 가식(假飾)도 없이 예쁘게 표현
하여 독자에게 드리고 싶은, 티끌 하나 없는 순수한 나
의 욕심임을 말씀드리면서, 무한한 감사의 인사를 드리는
바입니다.
　감사하고, 감사합니다!

신 의 섭　삼가 드림.

차례

시인의 말_세상을 살아가면서

제1부

그리운 세월

향수

가물가물 머나먼 옛적
사립문 밖 동무들 왁자지껄
천진난만 뛰어놀던 골목길엔
무심한 바람만 옛날 그대로

흙먼지 소란하던 생동감 사라지고
담장 밑 잡초만 무성하니
적막한 고요만이 옛 동무 반기며
외로운 모습 쓸쓸히 말이 없네.

사립문 안 정다웠던 이웃은 어디 가고
낯선 노인만 툇마루에 혼자 졸고
외양간 송아지는 떠난 지 오래인 듯
왕거미만 제집 만난 듯 좋아하네.

적막한 골목길 저편에서
옛 친구 반갑다 달려오려니
마음속 그리움만 아련히
어릴 적 추억만 멍하니 바라본다.

학교 가던 길

책보 허리춤에 질끈 동여매고
동무들과 꾸불꾸불 뛰어가던 길

패랭이꽃 제비꽃 이름 모를 노란 꽃
그윽한 향기로움에
호랑나비 살포시 쉬어가는 길

파아란 하늘 뭉게구름
몽실몽실 피어오르면
종달새 한 쌍
창공에 까마득하고
아기 잠자리
나풀나풀 지나가는 길

지금은 머나먼
아련한 추억의 길
그리움만 가득히
책보 허리춤에 질끈 동여매고
동무들과 조잘조잘 뛰어가던 길.

소꿉친구

허구한 날 티격태격
안 보이면 두리번두리번
하루에도 열두 번
변덕이 죽 끓듯 하나
콩이라도 반쪽씩
깊은 정 나누던 사이.

순수한 우정의 다툼
영원한 줄 알았는데
지금은 나 홀로
옛날 옛적 그리움에
멍하니 드높은 창공만
한없이 바라보네.

소꿉친구

허구한 날 티격태격
안 보이면 두리번두리번
하루에도 열두 번
변덕이 죽 끓듯 하나
콩이라도 반쪽
깊은 정 나누던 사이
순수한 우정와 다툼
영원한 줄 알았는
지금은 나홀로
옛날 옛적 그리움
멍하니 드높은 창공만
한없이 바라보네

강원 詩 쓰다

그리운 세월

덧없는 세월에 떠밀려
석양의 노을이 되어 가는 것을
쓸쓸히 바라보며
추억의 미로 속으로
그리움의 고향을 찾아간다.

다시는 돌아올 수 없는
시간의 공간에서
영혼만이 지나가는 과거의
한 모퉁이를 기웃거리며
무지개를 잡으려 헤맨다.

그립구나! 그리워 지나간 세월이
다시는 이 세상에서
영원히 지닐 수 없는 시간
그리움만 내 가슴 가득히
허공을 바라보며 눈시울을 적신다.

빈대떡의 추억

찌그러진 양재기에
동동주 한 잔
연탄불 위 빈대떡 지글지글
구수한 맛이 십 리 간다.

모처럼 주머니 사정 여유로워
오순도순 정담 나누며
주거니 받거니
시간 가는 줄 모르네.

지나가는 길손도 챙기며
빈대떡 인심 푸짐하니
배 두드리며
세상 부러운 것이 없네.

지금은 소박한 인심 어디로 가고
먼 추억으로만 남아
영원히 잊지를 못하네
그때 그 시절 그리운 시절.

고향 나그네

뿌연 흙먼지 속에서
널뛰듯 하며
무릎이 깨지도록
소란하던 골목길은
개구쟁이의 천국이었지.

반세기 만에 찾아오니
넓었던 골목은 왜소해지고
서늘한 고요만이 혼자
옛친구 쓸쓸히 반기며
어서 오라 손짓하는데

옛날 옛적 동무들은
그림자도 보이지 않고
찬바람 옷깃 스쳐 갈 때
낯선 삽살개만 꼬리 흔들며
외로운 나그네 반기네.

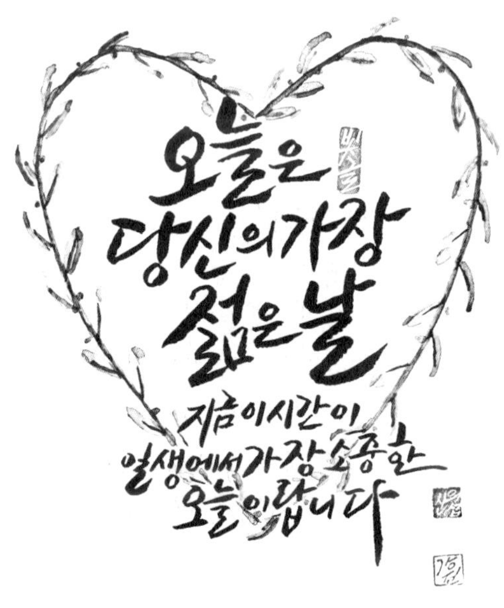

오늘은
당신의 가장
젊은 날
지금 이 시간이
일생에서 가장 소중한
오늘이랍니다

동동주 한 잔

무더운 장마철 지인(知人)과 더불어
동동주 한 잔에 더위는 사라지고
구수한 정담(情談)에 마음이 포근해지니
이 어찌 술 한잔 아니할 수 없으리.

주거니 받거니 과하지 않게
마음 터놓고 시간 가는 줄 모르니
그 간의 소원(疏遠)했던 마음 사라지고
서로 간에 정 더욱 깊어지니
보람과 행복만 가득하리라.

아쉬운 우정

반세기하고도 십여 년 전
맺어진 소중한 우정
만나본 지 몇 해인가.

인생길이 달라서 그러한가
교우(校友)로서 맺은 인연이
한평생 그리움이 될 줄이야.

모처럼 소중한 만남에
아련한 추억의 이야기꽃으로
하루 종일 행복하였지.

이제는 아쉬운 우정
마음껏 자주 나누면서
남은 인생 보람으로 살아보세.

살아온 날보다
살아갈 날이 짧은 우리 인생
원 없이 고운 정 나누며 살아가세.

사모의 강

어깨춤 덩실덩실
서글픈 세월 잊으려
눈 질끈 감으며
신명 나게 춤을 춘다.

마음속 애달픈 사연
안타까이 보낸 그리움
가슴 저려옴에
한없는 눈물 어찌하랴.

어두운 영혼의 계곡
사모의 강 넘치니
감당할 수 없는 슬픔에
더덩실 춤을 춘다.

애절한 사연 모두
강에 띄워 보내고
사무친 그리움 찾아
원 없이 달려가리라.

사모의 강
어깨춤 덩실덩실
서글픈 세월 잊으려
젊은 눈감으며
신나게 춤을춘다
마음속애 달픈사연
안타까이 보내는
절여오는 가슴
한없는 눈물 어찌하랴
어두운 영혼의 계곡
사모의 강 넘치니
감당할수 없는 슬픔에
덩실덩실 춤을춘다
흘러간 사연 모두
강에 띄워 보내고
혼자만이 달렁거리
애절한 그리움 뒤로하고

가원 쓰다

어머니별

피보다 진한 그리움 어찌할꼬
한이 되어 죽는다 해도
영원히 잊지 못할 고귀한 것을
수십 년 흐름 속에 이제는 하지만
잊으려 몸부림친들 더욱 새로워지는 것을
사무친 그리움에 샛별을 바라봅니다.

유난히 빛나는 어머니별
인자한 모습 미소 지으시며
안쓰러움에 한없이 굽어보십니다.

양손 벌려 맨발로 달려가
엄마 가슴에 볼을 비벼대니
서러움이 복받쳐 강이 됩니다.

애절한 엄마 품으로 파고드니
아득히 포근하고 평온함이여
이대로 영원히 그대로였으면

부스스 눈 비비니 창가 여명 빛나고
샛별로 살며시 오셨다 가신 어머니
날이면 날마다 언제나 오소서.

어머니 그리운 나의 어머니!

영원한 후회

자나 깨나 근심 걱정
정화수 떠 놓고 빌고 빌며
하루 한시도 마음 못 놓으시고
자식 잘되기만을 소원하시며
노심초사(勞心焦思) 편한 날이 없으셨네.

한평생 그리 살아오시다가
육신은 반신불수(半身不隨) 풍을 맞으시니
그래도 정신 줄 꼭 잡으시고
내 없으면 내 새끼는 하시며
평생을 가슴앓이하셨네.

성장한 자식은 살기 바쁘다며
조금만 기다리세요 하면서
요 핑계 저 핑계 말이나 말지
병든 부모 팽개치고
저만 잘살면 된다 하네.

그러다 덜컥 세상 떠나시니
통곡한들 무슨 소용이랴
살아생전 조금이라도

하늘 같은 은혜 보답한다면
이것이 자식의 도리인 것을.

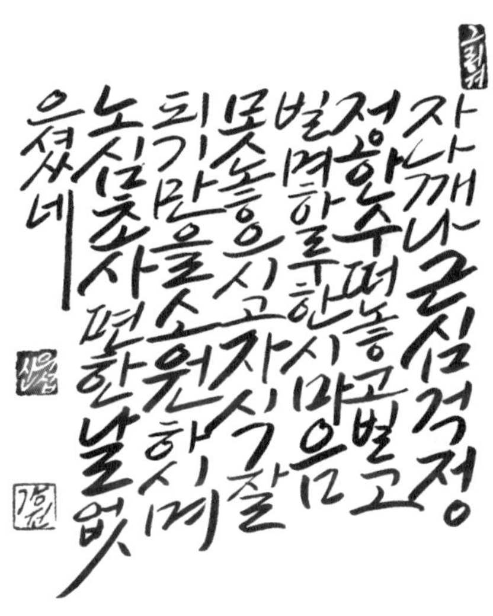

아내

잔잔한 코발트 호수
고운 물결 부드러움은
청순한 그대의 마음이니

해맑은 눈부심은
심장에서 우러나오는
아름다운 가슴이라.

오색 단풍 화려함은
스스로 만들어 가는
성스러운 모습이며

찬란하고 숭고한 세월은
평생 살아온
그대의 고단한 발자취니

항상 곁에 두고
마르지 않는 옹달샘이 되어
영원히 아끼며 사랑하리.

잔잔하고 발트호수
고운물결 부드러움은
청순한 그대의 마음이니
해맑은 눈부심은
심장에서 울려나오는
아름다운 가슴이다
오색단풍 화려함은
스스럼 들어가는
성스러운 모습이며
찬란하고 숭고한 걸음은
평생 살아온
그대의 고단한 발자취라
항상 곁에 두고
마르지 않는 옹달샘이 되어
영원히 사랑하리

가원 詩쓰다

아내의 손

곱디고운 예쁜 손
애절한 사랑으로
꼭 잡아주던 손.

고달픈 인생살이에
투박하게 거칠어지고
마디마디 옹이가 되었네.

죄스럽고 안쓰러워
애잔한 가슴으로
두 손 모아 꼭 잡아본다.

손

곱디고운 예쁜 손
앳된 사랑을
꼭 잡아주던 손
언제 투박하게 결어지고
말랑말랑 옹이가 되었네
거칠고 안쓰러워
아내의
따스한 가슴으로
둘 동안 꼭 잡아본다

엄마 생각

엄마 엄마 울 엄마
깊어져 가는 겨울밤
나 홀로 눈시울 적시며
밤하늘을 바라봅니다.

저 별은 아버지
저 별은 어머니
옛날 옛적 어머니 생각에
별을 세며 지새우는 밤

밤하늘 외로운 기러기는
울 엄마 소식 알려는지
안타까운 마음에
애처로움만 더해갑니다.

속절없는 세월은 야속하게
서산의 낙엽 되어가지만
울 엄마 생각은
더욱더 짙어만 갑니다.

제2부

행복의 길

미래의 희망

아가야
너는 하늘의 천사이더냐
영롱한 눈동자는
옥수와 다이아몬드보다도
더 맑고 더 아름다움은
하늘의 별과 달이 되고
눈부신 태양이려니.

아가야
아장아장 어여쁜 걸음마에
엄마 젖빛 같은 살결 보드라움은
마냥 바라만 보았는데
가슴 벅찬 행복의 충만함은
전능한 너의 능력이리니.

아가야
누구도 범접할 수 없는
경이로운 그 모습은
시들지 않는 불변의 선신(善神)이 되어
미래의 거대한 희망으로
무럭무럭 자라주기만을
조물주에게 기원하련다.

미래의 희망

아가야
너는 하늘의 천사이더냐
영롱한 눈동자는
옥수와 다이아몬드보다도
더 맑고 더 아름다움은
하늘의 별과 달이 되고
눈부신 태양이려니
아가야

아장아장 어여쁜 걸음마에
엄마의 젖빛 살결보드라움은
마냥 바라만 보았는데
가슴 벅찬 행복의 충만함은
전능한 너의 능력이려니

아가야
누구도 범접할 수 없는
경이로운 그 모습은
시들지 않는 불변의 생실이 되어
미래의 거대한 희망으로
무럭무럭 자라주기만을
조물주에게 기원하련다.

멋쟁이 인생

모자라고 부족하면
어때요
여유의 공간이 있어
희망이 있잖아요.

일등은 싫어요
먼저 가세요
비우는 마음으로
천천히 가렵니다.

선두로 달려간들
무엇이 좋은가요
빼앗길까 전전긍긍
불행이랍니다.

여유로운 그릇엔
조금씩 채워가는
보람과 희망으로
행복이 넘쳐나지요.

멋쟁이 인생

또자라고 부족하면 어때요
영웅의 공간이 있어요 희망이 있잖아요
일등은 싫었어요 뭔저가세요
비우는 마음으로 천천히 가렵니다
빼앗길까 전전긍긍 불행이랍니다
샘투로 달려간들 무엇이 좋은가요
영웅들은 꽃엔 조금씩 채워가는
보람과 희망으로 행복이 넘쳐나지요

삶의 영웅가 행복이다

가원 詩쓰다

행복의 길 1

비우는 마음
천국의 길
괴로움은 사라지고
행복으로 가는 길.

웃음꽃 활짝
이웃과 나눈다면
한 번뿐인 인생
행복의 문 열리니.

서로를 사랑으로
손 마주 잡고
더불어 살아가요
우리의 인생을….

행복의 길

비우는 마음
천국의 길
괴로움은 사라지고
행복으로 가는 길
웃음꽃 활짝
이웃과 나눈다면
한번뿐인 인생
행복의 문 열리니
서로를 사랑으로
손 마주 잡고
더불어 살아가요
우리의 인생을....

가월 詩 쓰다

행복의 길 2

남의 떡이 커 보이며
긍정보다 부정이
더 큰 경우는
불행의 지름길이요.

이기적 욕망에서 벗어나
모든 만물의 존재에
감사의 마음이라면
인생은 행복하리라.

할매의 행복

아장아장 옹알옹알
천국의 기쁨이
정원에 넘치고
어부바하는
할매의 미소는
마냥 행복하다.

할매 등에서는
천사의 흥얼거림에
둥기둥기 두둥기
어깨춤이 저절로
희망과 행복이
천지를 덮는다.

귀하디귀한 내 새끼
천금을 주고 사랴
만금을 주고 사랴
이대로 자라만 준다면
무엇을 더 바라겠는가
원도 한도 없다네.

청순한 연꽃 인생

울고 웃으며 살다 보니
남은 것이 무엇이더냐
가진 거 부족하여
허송세월 보냈더냐

북망산(北邙山) 가는 길 빈손인데
누구나 지나간 세월
돌아보며 후회하더라.

끝없는 욕심은 불행이요
비우는 마음은 행복이라지

모질지 않게 더불어
청순한 연꽃 닮아가며
인생을 살아간다면
연분홍 아름다움 활짝 피리라.

나눔의 향기

이래도 한세상 저래도 한세상
그런대로 한세상
살다 가면 되는 것을
무슨 영화 탐이 나서
회오리바람 몰아치는가.

회오리바람 속에는
온갖 쓰레기 먼지에
앞도 분간하기 어려우니
지옥 중에도 생지옥인데
무슨 영화를 바라는가.

돛단배 순풍에 사르르
봄 내음 향기 감아 돌며
온 누리에 사랑의 향기
멀리 나누고 나누면
환희의 행복은 넘쳐나리라.

이 순간의 삶

끝없이 오고 가는 세월은
순간의 시간 흐름이기에
인생의 후회와 괴로움도
순간순간 삶으로부터
희망과 보람도 같으니

순간순간의 삶을
보람으로 살아간다면
인생의 가치가 달라져
삶의 행복이
이 순간부터 시작되니

순간순간의 난관을 인내하며
긍정으로 최선을 다하여
슬기롭게 헤쳐나간다면
행복의 열매가 주렁주렁
내 인생을 반기리라.

사랑하는
사람의 마음은
아침햇살처럼
빛난다
가원

꽃길을 걸어가세

우리 손 마주 잡고
꽃길을 걸어가세.

세상 모든 고뇌
모두 다 버리고
사랑 한 아름 안고
희망찬 내일을 위하여

욕심과 시기의 마음
모두모두 버리고
어깨 나란히
이 세상을 살아가세.

서로서로
이해와 배려로
양보하고 용서한다면
행복은 항상 내 곁에 있다네.

우리 손 마주 잡고
너도나도
어깨 나란히
꽃길을 걸어가세.

사랑의 힘

우리 나래를 활짝 펴
하늘을 높게 날아보세
너도나도 희망을 안고
창공을 힘차게 날아보세.

모든 근심걱정 다 버리고
티 없는 푸른 창공이 되어
끝없는 우주 공간을
우리네 희망으로 채워보세.

우주 공간엔 기쁨만이 가득
슬픔도 괴로움도 없는 세상으로
우리 서로 얼싸안고
서로서로 사랑하며 살아가세.

아름다운 세상 비우는 마음
시기 질투는 모두 사라지고
이해와 배려로 사랑한다면
세상은 티 없는 창공이 되리라.

희망가

황금빛 찬란한
새벽이 밝아 오니
기지개 힘차게 켜고
희망가 우렁차게 부르면서
앞으로 꿋꿋이 전진하리.

험준한 절벽이라도
확고한 목표와
정의로운 사명감
무한한 용기와 자신감
끝없는 끈기와 추진력
피나는 노력으로
세상을 헤쳐 가리니.

원대한 꿈을 가슴에 품고
세상을 밝고 아름답게
창조하는 선지자가 되어
행복한 인생의 길을
보람차게 개척해 나가리라.

희망가

황무빛
찬란한
새벽이밝아
오기시작하니
기지개힘차게
켜고희망가우렁차게
부르면서앞으로 꿋꿋이
험준한절벽
이라도 확고한
목표와정의로운사명감
끝없는끈기와
자신감피나는
노력으로세상을헤쳐
가리원대한꿈을
가슴에품고세상을
밝고아름답게창조
하는선지자가
되어행복한인생
길을보람차게

개혁해
나가리라

행복이 소원이라면

우물쭈물 살다 보니
순간의 흐름인 것을
야단법석 떨어대며
인생을 허비하는 군상들이여

서로 간의 동반자로
다정한 지팡이가 되어준다면
살맛 나는 세상이 될 터인데
손목을 마구 비틀어댄다.

양보와 배려로
등을 내주고 어루만져 주며
사랑의 지렛대가 되어주자
행복이 소원이라면.

행복은 어디에

짧은 세상 살아가면서
나만의 부귀영화를 위하여
한없는 이기적 욕심으로
세상을 어지럽히는 인생아

진정한 행복이
무엇인지도 모르면서
불행을 자초하는구나.

세월 따라 낙엽은 지고
우리 인생도 지고
모든 만물이 그럴진대

존재하는 동안만이라도
서로 사랑으로 감싸주는
우리 인생이 된다면
행복은 스스로 찾아오리라.

어리석은 인생이여

백 년도 못 사는 인생이
행복한 삶이
무엇인지도 모르면서
천년의 욕심으로 살아가는
어리석은 인생이여

태초에 타고난
순고한 인성으로
모든 것을 더불어 나누며
순리대로만 살아간다면
행복한 인생이 될 터인데….

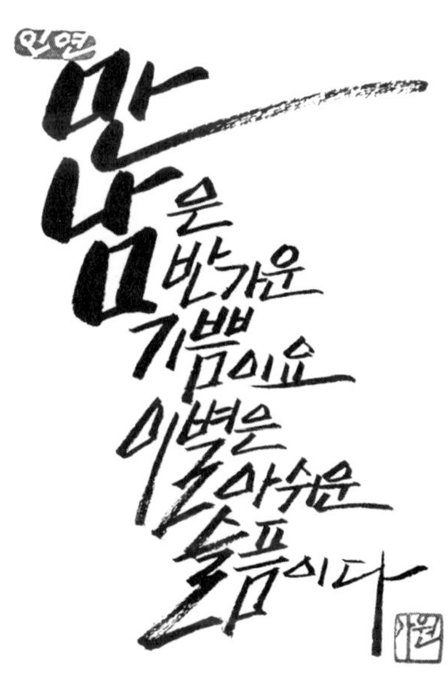
인연
만남은
반가운
기쁨이요
이별은
아쉬운
슬픔이다

윤회(輪廻)

삶의 끝이 온다고 해도
나는 노래를 부르리라.

죽음은 소멸이 아니라
탄생의 시작이니.

태어나기 전(前)으로
되돌아가는 것이기에.

제3부

영원한 그리움

슬픈 인연

아득한 어느 날
꽃반지 예쁘게
고운 손 마주 잡고
애틋한 마음
행복했던 봄날

사랑의 새싹 움트니
정성의 손길로
살며시 안아주며
연분홍 예쁜 인연
활짝 피우고

아름다운 사랑
고이 간직하며
따스한 가슴으로
꽃향기 가득
나누려 했는데

가랑비 오더니만
인연의 끈은 사라지고
슬픈 사연 남기고
새가 되어 날아가니
이를 어찌하오리.

슬픈 이별

이 세상 어디에도 없는
머나먼 길을 떠난 임이여
영원히 혼자만 떠나시니
한없는 서글픈 사연 안고
오늘도 하루가 저물어 간다오.

홀로 두고 혼자 가는 길은
무슨 세상이기에
뒤도 돌아보지 아니하고
모든 인연 미련 없이 저버리니
평생 쌓은 정성 어찌하시려오.

영혼이라도 두고 간다면
가슴속에 묻어 놓고
그리움 안고 살아가련만
그마저 안개 되어 사라지니
지난 세월이 원망스럽구려.

한 많은 사연 어떡하라고
그렇게도 무정하게 가시나이까
애절한 슬픔마저 말라버린
텅 빈 내 영혼만 홀로
바람 앞에 등불이 되었다오.

영원한 그리움 1

이제는 잊어야지
남들은 말하지만
평생을 동고동락한
내 사람을 어찌 잊으랴.

온갖 고생살이 이겨가며
귀염둥이 손주까지 보았으니
이제는 우리 인생 살려 했는데
덜컥 낙엽 되어 떨어지니

하늘이 무너지고 땅이 꺼지는
청천벽력의 절망 속으로
한없이 떨어지는 나를
어떻게 감당하오리까.

정신 줄 바짝 움켜쥐고
떠나간 임 잊으려
몸부림을 쳐 보지만
뼈에 사무치는 그리움 어찌하리

세월이 약이라지만
영원히 그리워하며
한시도 잊지 않으리라.
만나는 그날까지.

영원한 그리움 2

아련히 떠오르는 그대 모습
까마득한 옛이야기 되어
그리움만 더해가는 지나간 세월
다시는 돌아올 수 없는 길을
그리움만 남기고 떠나가시니
외로움만 더욱더 깊어만 갑니다.

먼 옛날 옛적에
우리의 행복이 영원하기를
두 손 모아 애절히 기도 하였건만
어느 날 홀연히 어디에도
그 모습은 보이지 않고
혼자만이 한없이 울었습니다.

내 죽어 그대 만나는 날
포근한 그대 가슴에 안겨
그간의 외롭고 서러운 사연
모두 다 하소연하며
이제는 이별은 영원히 없으리
다시는 헤어지지 않으리라.

영원한 이별

아련한 추억 속에
그리움만 깊어져 가는데
인생의 길목에서
영원히 떠나가는
소중한 나의 인연이여

인생이란 그런 것인가
운명은 타고난다지만
아쉬운 그리움만 남기고
바람에 구름 흐르듯
사라지는 인생이여

머나먼 옛날
순수한 어린 시절
그 모습이 그리워
쓸쓸히 추억에 잠기며
두 손 모아 명복을 빈다.

여보! 지금은 아니라오

수십 년간 부부의 인연으로
고운 정 미운 정 나누며
알콩달콩 살아왔는데
이제는 헤어져야 한다니
세상살이가 왜! 이런가요.

언젠가는 가야 하는 길이기에
동행하길 소원했건만
혼자만이 먼저 가시려 하니
이를 어찌하오리.

지나간 세월 뒤돌아보니
좀 더 잘해 줄걸
미안함과 죄스러운 마음에
내 가슴이 찢어진다오.

조금만 기다려 준다면
하늘의 해와 달을 따서
당신 앞에 고이 바치련만
이러지도 저러지도 못하는
내가 원망스럽구려.

여보!
지금은 아니라오
조금만 기다려 주구려
때 되면 내 등에 업고 가리다
그렇게 우리 같이 갑시다. 여보!

기다림

봄꽃 향기 어루만지면서
화사한 행복의 미소로
반겨올 그대를 기다리며
오늘도 봄의 길목에서
나 홀로 그리움만
가슴 깊이 스며드는데

봄꽃 향기 피어나듯
예쁜 꽃이 되어
사랑의 향기 전해 주련만
그대는 어디 가고
나 홀로 쓸쓸히
허공만 한없이 바라보네.

행복
당신의 행복을 기원합니다

잊을 수 없는 이별

떠난 지 엊그제인 듯
눈에 선한데 어느새
해가 바뀐 지 오래되었구려

생전에 애지중지 간직하던
사연 많은 애장품을
하나둘 정리하렵니다.

이제는 떠나시구려
마음이 너무 아파 잊으렵니다.
하나하나 작별을 고합니다.

그러나 이를 어찌하오리까
저 멀리 잊으려 해도
더욱더 깊어지는 그리움을

잊을 수 없는 영원한 사랑
가슴 깊이 간직하며
살아가렵니다. 만나는 그날까지

5월이 오면

오늘은 오시려나
내일은 오시려나
아카시아 꽃향기
그윽한 5월이 오면
꽃향기 한 아름
가슴에 안고
살포시 오신다더니

꽃향기 한잎 두잎
떨어져 가는데
오신다던 내 임은
아니 오시고
나 홀로 그리움만
5월의 강이 되어
외로이 흘러가네.

먼 훗날에는

아련히 떠오르는 그대의 모습
옛날 아주 먼 옛날
나비와 꽃의 속삭임은
변치 않는 영원한 사랑이었지.

어느 날 휘몰아치는 광풍에
회오리바람 되어 사라지니
한 많은 추억의 그리움으로
가슴 깊이 저리는 외로움이여

세월이 약이라 하던가
먼 훗날에는 잊히겠지
하지만 더욱 짙어지는 그대 모습
어찌하오리 어찌하오리까.

인연
가슴저리는 그리움은 저멀리 떠나간 인연
기억없는 기다림 중에서
가원

황혼 1

싱그러운 봄을 지나
열정적인 한여름도 지나가고
이제는 낙엽 지는 늦은 계절에
쓸쓸히 서 있는 내 모습
머지않아 추운 겨울이 오겠지.

지나간 날은
마냥 보고 싶은 추억으로
황량한 들판 한가운데에
혼자만 외롭게 서서
서글픈 세월을 그리워하네.

부모님은 가슴에 묻은 지 오래전
형제자매도 하나둘
고운 정 나누던 친구도
언젠가는 나도 그렇게
그리움만 남기고 떠나가려니.

추억은 아름답다
마음달래며
빙그레
쓴웃음을 짓는다

황혼 2

짧은 세월 동안
울고 웃고 하다 보니
꽃송이 고운 자태는
시들어가는 꽃이 되고

우수에 젖은 눈가에는
이슬이 맺히며
지나온 세월이
주마등처럼 지나간다.

포근하던 봄 내음은
어느새 추운 겨울바람으로
내 곁에 머물고

다시 찾아올 봄은
어디에도 없는데
아쉬움에 외로움만 가득
먼 옛날을 그리워한다.

이것이 인생인 것을
그래도 추억은
아름답다. 마음 달래며
빙그레 쓴웃음을 짓는다.

이렇게 남은 인생 살면서
아직은 아니야 하며
희망의 끈을 잡고
쓸쓸히 붉은 너울을 바라본다.

할아버지의 기일(忌日)

가물가물 머나먼 옛날
흰 수염 바람에 날리며
긴 담뱃대 뻐금뻐금
어험! 헛기침하시더니

낙엽 지던 어느 날
네 살배기 금지옥엽(金枝玉葉) 뒤로하고
꽃상여 타고 떠나셨네.

조석으로 제청(祭廳)에 상식(上食) 올리면
긴 담뱃대 불 붙여드리고
대추 밤은 내 몫이었지.

오늘은 할아버지의 제삿날
개구쟁이 내 손주 녀석
절하고 대추 하나 먹고
절하고 밤 하나 챙긴다.

사랑
어버이의
은혜는
한이없어라
가원쓰다

반찬 투정

맛없다 투정하지 마라
엄마 정성 생각하면
저절로 꿀맛인걸
투정이 웬 말인가.

시장기가 반찬이라
배가 불러 투정이지
옛날 옛적 보릿고개
투정이 있었던가.

진수성찬 따로 없다
정성 어린 엄마의 손맛
하나이면 그만이지
무얼 더 바라는가.

하늘 같은 어머니의 정성
조금이라도 안다면
항상 감사한 마음으로
잘 먹고 잘 자라야지.

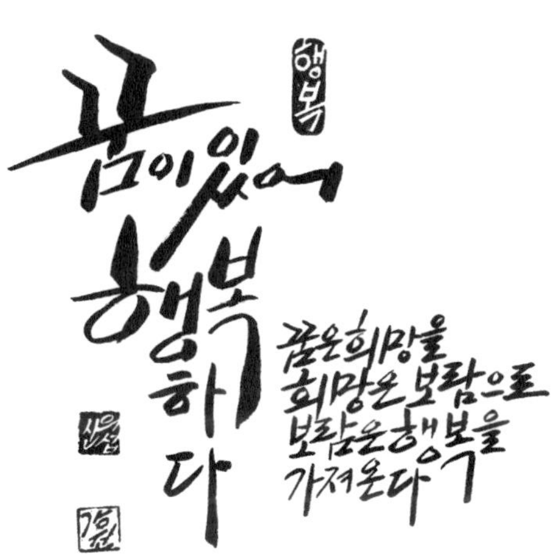
행복
꿈이 있어
행복하다
꿈은 희망을
희망은 보람으로
보람은 행복을
가져온다

기약 없는 기다림

가슴 저리는 그리움은
저 멀리 떠나간 인연
잊으려 잊을 수 없어
몸부림쳐지는 외로움에
눈시울이 붉어집니다.

그때 그 시절
다시 찾아오려나
혼자만이 망부석 되어
기약 없는 기다림에
애절한 마음만 서글퍼집니다.

금방이라도 한 송이 장미 되어
포근한 가슴에 안기려니
기다리고 기다리며
먼 하늘의 뭉게구름만
한없이 바라봅니다.

제4부

희망의 계절

봄 풍경

살랑살랑 봄바람 속삭임에
진달래의 연분홍 아름다움은
새색시 입술연지 되고
하늘하늘 백련화는
어여쁜 여인네 흰 적삼이니
만발한 벚꽃은 꽃비 되어
상춘객 반갑다 환영하며
소복소복 발걸음을 멈추게 하네.

화사한 차림의 개구쟁이
깡충깡충 신바람 나고
꽃비 속 엄마는 찰칵찰칵
아름다운 추억 담을 때
겨우내 움츠리던 할매의 허리
봄의 향기 반기며 기지개 켜고
막내둥이 삽살개 꼬리 춤에
희망의 봄은 마냥 즐겁기만 하네.

봄은 온답니다

저만큼 아지랑이 물결 속
아리따운 여인 자태 가물가물
마음 설레는 계절.

찬 서리 젖은 바람
햇살 따사로움에
움츠린 가슴 활짝 열고
심산유곡 잠자던 백설
옥수 되어 고향길 떠나면
어서 오세요 봄은 온답니다.

요람 속 아기 기지개 켜면
복실이 살랑살랑 꼬리 흔들고
보드라운 향기 남풍 불어올 제
새 희망 한 아름 안고 온다지요.

지나온 모든 고뇌
멀리 북풍에 흘려보내고
희망의 함박웃음
아낌없이 나누며 온답니다,
어서 오세요 우리 봄맞이 가요.

이팝나무

흰쌀밥 소복소복
풍년의 향연
너와 나 우리 모두
여유로운 마음
넉넉한 인심.

따끈따끈 김 서림
아지랑이 되고
환희의 행복 입안 가득
온 누리에
아낌없이 나누련다.

팝나무
흰쌀밥 소복소복
풍년의 향연
너나 우리모두
여유로운 마음
넉넉한 인심
따근따근 김서림
아지랑이 되고
환희의 행복 입안 가득
온누리에 아낌없이
나누고싶다

가원사쓰다

봄의 향연

포근한 엄마 품의 아가는
온화한 따사로움에
긴 잠에서 눈 비비며
기지개를 켜는 희망의 계절.

연분홍 아름다움과
노오란 화려함에
파아란 싱그러움이
더욱 짙어지는 봄의 향연.

생동감 넘치는 행복에
넉넉한 여유로움으로
무궁한 발전을 기약하는
찬란한 희망의 계절이어라.

연분홍
아름다움과
노오란
화려함에
파아란
싱그러움이
더욱짙어가는
봄의향연

봄을 파는 할머니

시장 골목 모퉁이
주름 잡힌 투박한 손
쓸모없는 늙은이인가 싶었지만
어느 누구보다도 더 먼저
싱그러운 봄을 소복소복
칙칙하던 작은 시장 골목에
희망을 만들어 간다.

노란 보자기 위 싱그러움을
지나가는 장바구니에
골고루 나누어주는
할머니의 소박한 미소는
우리 모두의 행복이다.

오늘 저녁 식탁엔 모처럼
싱싱한 봄의 향기로
입안 가득 희망을 삼키며
행복해지리니.

세파에 거칠어진
할머니의 두툼한 손목은
희망을 아낌없이 만들어 가는
요술 방망이인가 보다.

봄은 다시 오리라

때가 되었나
봄이 가고 꽃도 지니
늦은 봄비만 지루하게
아쉬움을 남기네.

한나절 매미 소리에
봄의 결실 풍성하게 자라면
울긋불긋 풍요로운 계절은
어김없이 익어가리.

서운타가는 봄
아쉬워하지 말고
찬 서리 이슬 되면
새봄을 다시 반기리라.

희망
유비무환이라
어떤단관 일지라도
이겨낼수 있을지니
슬기롭게 참고
견디다 보면
새봄은
다시 찾아
오리라.

민들레

보도블록 틈 사이
조그마한 노란 꽃

천박한 땅이지만
작게 핀 꽃이지만

세상에 태어나
내 몫을 다 하기 위해

작은 미소 지으며
부활을 준비하네.

희망의 계절

노란 병아리 종종걸음에
개나리 활짝 웃으면
호수의 백조 봄나들이 나오니
물망초가 화사한 미소로 반기고
송아지 엄마 따라 논갈이 나가는
아름다운 희망의 계절.

푸른 하늘 종달새 조잘거리면
아지랑이 저 멀리 아롱거리고
나물 캐는 봄 처녀들
꽃바구니 옆에 끼고
합창하는 사랑의 노래 흥거워라.

인고의 계절 북녘 멀리 보내고
생동감 넘치는 새봄이 돌아오니
희망의 나래 활짝 펴
너도나도 모든 만물의 함박웃음에
기쁨이 온 천지에 넘쳐흐르네.

담쟁이넝쿨

울긋불긋 비단으로 감아 돌며
고운 맵시 자랑하던 색동 옷
미련 없이 벗어버리고
암팡지게 달라붙은 줄기만
앙상하게 죽은 듯 조용하다.

혹시나 해서 꼬집어 보니
우중충한 갑옷 안에선
싱싱한 삶의 생명력이
잔인한 동장군의 도발에
만전의 준비임을 알았네.

유비무환(有備無患)이라
어떠한 난관일지라도
이겨 낼 수 있을지니
슬기롭게 참고 견디다 보면
새봄은 다시 찾아오리라.

코스모스 길

나풀나풀 연분홍 꽃길 사이로
노랑나비 쌍쌍이 지나가면
연인들의 사랑은 더욱 익어가고
풍요로운 계절은 깊어만 간다.

팔랑개비는 분주하기만 한데
풍차는 느릿느릿 여유를 부리고
저만치 허수아비 머리 위 참새
한가로이 날갯짓하며 쉬고 있네.

화사한 연분홍 오색 꽃길에는
고추잠자리 멋을 내며 지나가고
먼 산 울긋불긋 화려함에
깊어지는 가을은 풍성하기만 하다.

가을 편지

애절한 사랑도
불타는 삶의 열정도
잔잔한 물결이 되어
단풍으로 익어가는 계절.

머지않아 낙엽 되어
한 줌의 흙으로 돌아감은
자연의 순리이기에
더욱 소중한 계절이지요.

이제는
아름다운 단풍이 되어
차 한 잔 따스하게 나누는
여유로운 우리가 되기를….

아파트 정원숲 하나
어디서 와서
지금 이 자리에 왔는지
혼자만 알뿐
모두가 그의 고향엔
아무 관심도 없다
다행히 잘 자라기만을
바라는 마음엔 변함이 없다
그 마음 아는지
사시사철 세월속에
아름다운 열매 맺어
달콤한 홍시를 보답한다
타고난 자신의 몫을
묵묵히 실천하는
거룩한 삶의 모습이
나를 뒤돌아보게 한다

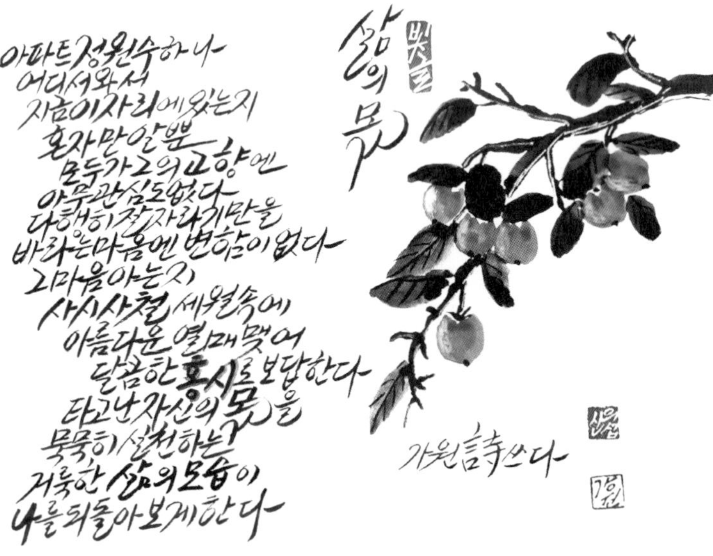

어울림은 동그라미

각지고 모나지 않는
둥글둥글 순조로운 어울림은
보람찬 즐거움이 한 아름 되어
아름다운 세상이 되고

각박한 이기적 인정은
휘몰아치는 칼바람으로
어울림은 사라지고
외로운 독불장군이라.

어느 때 어느 곳에서나
어떤 환경이라도
어울림은 융화되어
세상이 밝아지니

순풍에 돛단배 흐르듯
조화롭게 살아간다면
어울림은 동그라미 되어
행복한 인생이 된다네.

농부의 계절

뭉게구름 한가로이 떠 있는
해맑은 창공은 드높기만 하고
노란 단풍 한 잎 두 잎
지나가는 길손의 발치에
사뿐사뿐 내려앉는 늦가을.

지내온 일 년의 수고로움에
여유로운 사랑방의 마음은
한 사발의 탁주에 정을 나누며
오순도순 평화로움에
웃음 가득 행복한 계절.

머지않아 삭풍의 동장군은
우리네 귓전을 시리게 하겠지만
넉넉한 마음의 따사로움에
후덕한 인심 이웃과 나누며
새해 희망을 준비하는 농부라네.

감나무 한 그루

아파트 정원수 한 그루
어디에서 와서
지금 이 자리에 있는지
혼자만 알뿐

그의 고향에는
아무도 관심이 없고
잘 자라기만 바라는 마음은
모두가 한결같은데

그 마음 아는지
사시사철 세월 속에
때가 되면 풍성한 열매 맺어
달콤한 홍시로 보답하니

타고난 자신의 몫을
묵묵히 실천하는
거룩한 삶의 모습이
나를 되돌아보게 하네.

내 마음대로

세상을 부정적으로 바라보면
절망적인 마음이 되어
괴롭고 슬픈 인생이 되고

세상을 긍정적으로 바라보면
희망과 보람의 기쁨으로
행복한 인생이 되리니

부정과 긍정의 마음은
내 마음이 내 마음대로
내가 정하는 것인 것을….

제5부

빈손의 의미

빈손

세상에 올 때는
빈손으로 왔건만
끝없는 욕심으로
살아가는 인생아

움켜쥐고 짊어지고
넘치고 넘쳐도
남의 것 탐이 나
빼앗으려 다툰다.

백 년도 못 살면서
천만년 살 것 같은
이기적 욕망에서
벗어나지 못하니

나누고 나누면서
서로 간의 사랑이
인생의 낙원인걸
모르고 사는구나.

평생의 소원을
이룬다고 하여도
갈 때는 빈손으로
연기되어 사라지리.

빈손의 의미

올 때는 빈주먹으로
갈 때도 빈손으로
짧은 인생 살면서
만년의 욕심으로
살아가는 인생아

조금만 뒤돌아보면
허공의 뜬구름인 것을
서로 간의 다툼으로
원한의 상처를 남기며
앞만 보고 달린다.

이래도 한세상
저래도 한세상
더불어 살면 되는 것을
끝없는 욕망으로
다투며 괴로워하니

전생의 원죄가 있어
태생적 운명인가?
그래도 빈손의 의미를
알고 행한다면
행복은 영원하리라.

흘러가는 바람

바람이 지나갑니다.
그칠 줄 모르고 지나갑니다.
누구도 막을 수 없는 바람
그 바람 속에서
모든 만물이 살아가고 있습니다.

그 속의 희로애락(喜怒哀樂)은
피할 수 없는 운명이라지요
순풍에 돛단배처럼
때로는 휘몰아치는 광풍으로
그렇게 흘러가다 보니
서산의 해는 저물어 가고
공허만이 나를 반깁니다.

기쁨과 괴로움은
마음이 스스로 만들어갈 뿐
모두가 부질없는 허상인 것을
그러기에 인생은
흘러가는 바람이랍니다.

기쁨과
괴로움은
스스로만들어가는
모두가부질없는
현상인것을
그러기에
인생은
훌러가는
바람이랍니다

나눔의 삶

세상에 올 때 움켜쥔 손
펴 보니 빈손인데
한평생 살면서
한없이 움켜쥐려 하네.

행복한 삶이
무엇인지 모르면서
혼자만이 많이
움켜쥐면 좋은 줄 아니

나눔의 삶이
진정한 보람인 걸 안다면
세상은 아름답고 행복하며
빈손의 의미를 알게 되지요.

나눔의 삶
세상에 올때 움켜쥔 손
무엇을 가지고 왔는지
펴보니 빈손 인데
한평생 살면서
한없이 움켜쥐려하네
가치있는 삶이
무엇인지도 모르면서
혼자만이 많이
움켜쥐면 좋은줄 아니
나눔의 삶이
진정한 보람인걸 안다면
세상은 아름답고 행복하며
떠날때 빈손의 의미를
알게될것이라.

부질없는 욕심 1

세파 속에 혼자 와서
알콩달콩 살다 가면 되는 것을
무슨 미련이 그리도 많아
원과 한을 남기려 하는가.

만남은 반가운 기쁨이요
이별은 아쉬운 슬픔인데
무엇이 부족하여
미워하고 시기하는가.

세상엔 내 것이 없는 거
갈 때는 모두 두고 떠날 뿐
가져가는 것도 없는데
욕심은 왜 부리는가.

올 때나 갈 때나 혼자
모든 것이 부질없는 것을
빈 주먹으로 왔다가
빈손으로 떠나는 인생인데.

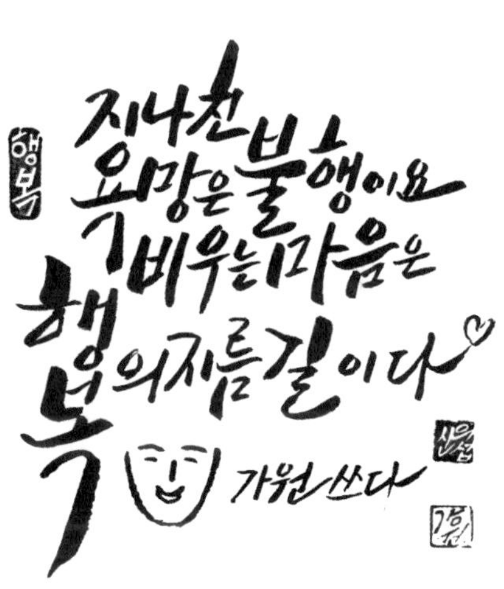
행복
지나친 욕망은 불행이요
그 비우는 마음은
행복의 지름길이다
가원 쓰다

부질없는 욕심 2

한치의 앞도 모르면서
천만년의 욕심으로
살아가는 인생아

백 년도 못 살면서
무슨 욕심이 그리도 많은가.

부자가 된들 무엇하며
권력과 명예가 무슨 소용이랴.

더불어 순수한 어울림으로
티 없이 살다가
말없이 떠나면 되는 것을

떠날 때는 빈손으로
연기처럼 사라질 뿐
아무것도 없는 것을

그러기에 인생은
바람이요 연기라네.

이삿짐

무슨 짐이 그리도 많아
근심덩어리 무거워
타이어가 헉헉거린다.

모든 짐 미련 없이 버리고
마음 비울 수 있다면
여기가 낙원인 것을

무거운 짐 짊어지고
새 희망을 찾아 나선다.
부질없는 허상임을 모르면서

인생무상

시간의 흐름이 하루가 되고
하루의 흐름이 한 달이요
열두 달이 일 년이라
일 년이 모여 평생이 되는데

지금 이 시각의 소중함은
평생의 소중함이요
순간순간 보람의 시간이
일생의 행복일진대

희로애락의 연속에서
석양의 노을이 되어
삶의 자취를 돌아보니
공허만이 쓸쓸히 나를 반기네.

사방팔방 둘러봐도
찬 서리만 가슴을 감아 돌뿐
온아한 평화로움은 간데없고
심란한 마음을 어찌할꼬

서산으로 기우는 인생
어찌할지 모르는데
뜬구름 바람결에 떠돌다가
연기처럼 사라지려니.

수양

돌이킬 수 없는 세월
뒤돌아본들 무슨 소용이랴
한평생 걷다 보면
알량한 자존심 멋을 내지만
무엇 하나 잘난 것도 없는데.

이제라도 겸손의 미덕으로
모두를 존중하고 사랑하는
인격의 수양자가 되어
너와 나 나눔의 관계로
삶의 인생이 되기를….

수양

돌이킬 수 없는 세월
뒤돌아 본들 무슨 소용이랴
한평생 걷다 보면
알량한 자존심 멋을 내지만
무엇하나 잘난 것도 없는데
이제라도 겸손의 미덕으로
모두를 존중하고 사랑하는
인격의 수양자가 되어
너와 나 나눔의 관계로
삶의 인생이 되기를.

가원 詩쓰다

그러려니 살아가세

이래도 흥 저래도 흥
그러려니 살아가세
나 자신도 모르면서
남을 어찌 알 수 있으리.

세상에 내 마음 같은 이
어디 있겠는가
부모 형제도 같지 않으니
그러려니 살아가세.

서로 다른 세상살이에
부딪침도 있지마는
내가 먼저 이해와 양보로
그러려니 살아가세.

그러려니 살다 보면
칼바람은 사라지고
꽃향기 평화로움에
행복한 세상이 되리라.

여유

오늘 안 되면 내일
내일 못 하면 모레
순수한 여유로움으로
마음을 비우려 하면
욕심을 내야 한다네.

오늘 못 죽으면 내일 죽지
이러지도 저러지도 안 되면
그대로 살지 뭐
아니라네 욕심을 내라 하네
그래야만 행복해진다네.

물 흐르듯
바람결에 구름 지나가듯
여유로운 마음으로
순응하며 살아간다면
행복은 저절로 찾아온답니다.

별을 바라본다

별을 바라본다
하나둘 세면서
우주 공간을 헤맨다.

나를 바라본다
"나"라는 존재는
어디서 왔는가.

생명의 근원은 어디에
겸허한 마음으로
별을 바라본다.

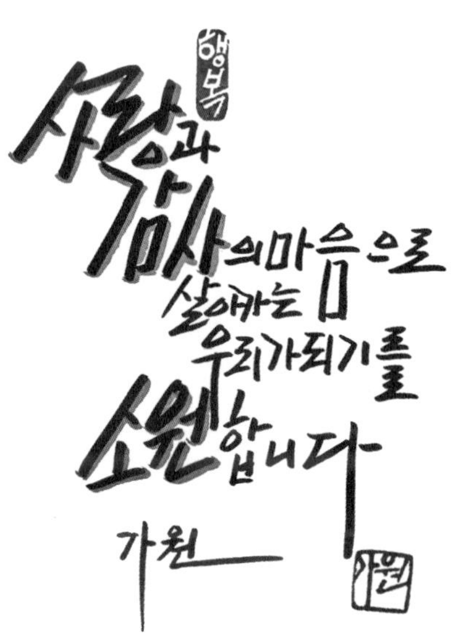

행복
사랑과
감사의 마음으로
살아가는
우리가 되기를
소원합니다
가원

행복의 진리는

콘크리트 벽에 갇혀
경직된 표정으로
살벌한 경쟁만이
존재하는 허상 속에
허우적거리는 도시에서,

부드럽고 아름다운
여유로운 인심으로
함께 웃으면서
양보와 배려로
서로 간의 정분을 나누며,

자연의 순리대로
흐르는 시냇물처럼
고운 바람 살랑바람에
뭉게구름 지나가듯
평화로운 삶이라면….

제6부

한 해를 보내면서

너를 사랑해

사랑해
너를 사랑해
사랑에는 조건이 없어
진정으로 사랑해.

애절한 우리 사랑
생각만 해도
보고만 있어도
행복해지는 것을

알콩달콩 무한한 사랑
죽는 그날까지
사랑할 수 있어
행복은 영원하리라.

사랑해
너를 사랑해
사랑에는 조건이 없어
진정으로 사랑해
애절한 우리사랑
생각만 해도
보기만 있어도
행복해지는 것을
알콩달콩 무한한 사랑
죽는 날까지
사랑할수있어
행복은 영원하리라

가원

자화상

순풍의 봄 내음 새 희망 움트면
눈보라 속 칼바람은 움츠리고
새털구름 포송포송 평화로움에
먹구름 소나기 지나가고
더웠다 추었다 종잡을 수 없는 인생.

좌절의 괴로움이 지나가면
희망과 보람이 찾아오고
만남의 기쁨과 이별의 슬픔도
모두 삼라만상(參羅萬像) 다 접어가며
서서히 석양의 노을이 되어가는 인생.

피할 수 없는 인생의 과정에서
스스로 인정하고 순응하며
모나지 않게 담담히 받아들이는
바람과 구름 같은 인생인데
서투른 재주로 시를 쓰며 멋을 내는
낯설고 어리석은 내 모습이여…

태풍

일 년 내내 애지중지(愛之重之)
허리가 구부려졌는데.

오곡백과(五穀百果) 익어갈 무렵
한숨 돌리나 했는데.

몰아치는 폭풍우에
가슴은 숯덩이가 되었네.

나는 누구인가

거울을 본다
낯선 늙은이가 물끄러미
나를 바라보고 있다.

댁은 누구세요?
멍하니 무표정으로
아무 반응이 없다.

요리 보고 저리 봐도
내가 누구인지 알듯 말듯
미로 속에서 헤맨다.

그리스 철학자
소크라테스가 생각난다
"너 자신을 알라".

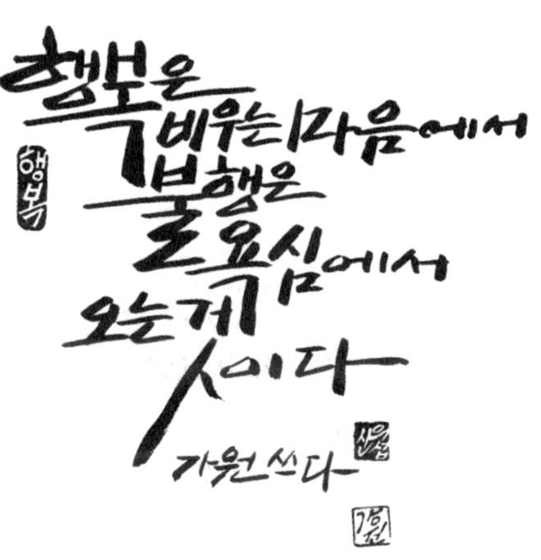

행복은 비우는 마음에서
불행은 욕심에서
오는 게
십니다
가원 쓰다

아름다운 꽃이 되어

뜬구름 인생
짧기만 한데
천만년 살려나
한없이 움켜쥐려 하니
떠날 때는 빈손인데

왜! 괴로워하는가
욕심이 무엇이길래
비우는 마음은
고뇌는 사라지고
행복의 길인 것을

짧은 인생
아름다운 꽃이 되어
기쁨 주고받으며
향기로운 세상
살아가지 않으렵니까!

행복한 삶이란

만남과 헤어짐은
자연스러운 우리네
소중한 인연이기에

바람에 구름 가듯
있는 그대로 곱게곱게
살아가면 되는 것을

각지고 모나게
다투며 살아간 들
무슨 소용이랴

맑은 물 굽이굽이 흘러가듯
자연의 섭리에 순응하는
우리네 인생이 되기를.

사라져가는 정신문화

숭고한 정신의 세계는
물질문화의 등쌀에 밀려
세상이 자기중심적으로
모두가 독불장군(獨不將軍)이다.

불의가 정의로 둔갑하니
신사도는 내동댕이쳐지고
우격다짐이 판을 치며
질서는 엿장수 마음대로다.

윤리 도덕이 땅에 떨어지니
예의범절(禮儀凡節)은 사라지고
혼자만이 마구잡이로
살아가면 되는 줄 안다.

아름다운 인간의 본성으로
어깨 다정히 동행한다면
희망과 행복이 넘치는
낙원의 세계가 여기인 것을.

사라져가는 정신문화

숭고한 정신문화의 세계는
물질문화의 등살에 밀려
세상이 자기중심으로
모두가 독불장군이다

불의가 정의로 둔갑하고
삶오는 대들어 져지고
우격다짐으로 판을치며
정서는 엿장수 맘대로다

윤리도덕은 땅에 떨어져
예의범절은 사라지고
혼자만이 참이라 우기며
살아가면 되련마는

밀어주고 끌어주며
어깨다정히 동행한다면
희망과 행복이 넘치는
낙원의 세계가 여기인걸

가원 신의섭

어리석은 지배자

태양이 이글거림에
허덕거리며 진땀 빼는 자태를
최선의 노력이라는 가면으로
아름다운 정의라고 포장하며
이기적 욕망의 굴레에서
어깨춤을 추는 군상(君上)아

뜻이 다르다고 적폐로
내 영역 안에 흡수 순종으로
나만의 지배자가 되어
만인의 머리 조아림이
삶의 보람이며 행복이라 하니

머지않아 인과응보(因果應報)로
천길 벼랑 끝이 코앞에 있음을
까마득히 모르면서
희희낙락(喜喜樂樂) 덩실덩실 춤을 추는
어리석음이 가없어 보이는구려.

자기당착(自己撞着)에서 벗어나
평등의 원칙으로 서로 존중하며
이해와 배려로 화합하고
순고한 희생으로 헌신한다면
원하는 삶의 보람과 행복이
여기에 있음을 왜 모르는가.

애착

꼭두새벽 길
조깅 선수 되어
호숫가 산책로
맴돌기를 십수 년
건강이 최고라고

갑자기 어느 날
호수가 새벽길
지팡이에 절룩절룩
쉼도 없이 돌고 돌며
건강이 최고라고

그대는 누구인가

백 년도 못 살면서
만년의 욕망으로
가짜 정의를 부르짖으며
세상을 마구잡이로
흔들어대는 그대는 누구인가.

호락호락한 세상이 아닐 텐데
혼자만이 부귀영화를 누리겠다고
수단과 방법 가리지 않고
가면이설(假免異說)로 세상을 혼란케 하는
그대는 진정 행복할 수 있을까.

인생의 고귀한 가치가 무엇이며
보람과 행복이 어디서 오는지
진심으로 고민하고 깨달으면
아름다운 세상이 되어
인생의 행복을 알게 될 터인데….

선구자

먹구름은 그믐밤의 암흑으로
태풍의 거친 횡포에
태양은 숨을 죽이고
천둥번개의 호통 속에
천지는 요동을 친다.

붉은 무리의 환란에
산천초목(山川草木)은
흙탕물에 오염되어
정의와 질서가
사라진 지 몇 해인가.

땅을 치며 통탄한들 무엇하랴
도도한 불굴의 정신으로
불의에 맞서는
무적의 용사가 되어
개혁의 길을 가리니.

나는 떨치고 일어나리
병들어 가는 조국을 위하여
굽이굽이 험난한 난관을 넘어
정의로운 혁명가로
애국의 선구자가 되리라.

대한민국 만세

살을 에는 엄동설한(嚴冬雪寒)
한파가 몰아쳐도
애국의 함성은 더욱 우렁차게
온 세상에 진동하니
이 기상을 어느 누가 감당하랴.

자유와 정의의 함성 앞에선
불의의 매국노(賣國奴)들은
소나기 맞은 생쥐가 되어
꽁지가 빠지도록 도망갈지니

이참에 악취 나는 매국노들을
깨끗하게 쓸어버리고
자유 민주주의의 깃발 아래
조국의 희망찬 발전을 이룰지어다.

정의로운 애국 국민들이여!
우리 모두 하나로 뭉쳐
매국노들을 하나도 남김없이
척결하는 애국 투사가 될지니

조국의 무궁한 발전에 기여하는
떳떳한 애국자가 되어
대대손손(代代孫孫) 우리 자손에게
희망 넘치는 대한민국을 물려주는
막중한 책임과 의무를 다할지어다.

한 해를 보내면서

유수와 같은 세월
어느덧 끝자락
되돌아보니 후회일 뿐
남은 것이 무엇이더냐.

다듬고 다듬어
유종의 미를 이룬다지만
허전한 마음 어쩔 수 없어
휭하니 찬바람만 스쳐가네.

돌아오는 새해에는
희망과 보람으로 가득 찬
행복한 한 해를
재창조하며 나가야지

조그마하고 사소한 일지라도
소중히 정성을 다하여
삶의 고귀함이 무엇인지
널리 알리면서 나누리라.

설

긴 겨울 잠에서 깨어나
새로운 한 해를 시작하는 첫날
올 해도 무탈 하게
더욱더 발전하기를 소원하며
정성을 다하여 좋은 음식으로
조상님께 감사의 예를 다하는 날입니다
모처럼 온 가족이 한자리에 모여
덕담으로 서로를 격려하고
새로운 희망을 설계하여
굳건히 실천해 나갈 것을 다짐하는
소망의 날이기도 합니다
우리 모두 즐거운 소망의 날을 맞아
축복받는 새로운 한 해가 되어
소원성취 하길 두손모아 기원합니다

어울림은 동그라미

신의섭 지음

발행처　도서출판 **청어**
발행인　이영철
영업　이동호
홍보　천성래
기획　육재섭
편집　이설빈
디자인　이수빈 | 구유림
인쇄　정우인쇄

등록　1999년 5월 3일
　　　(제321-3210000251001999000063호)

1판 1쇄 발행　2026년 3월 31일

주소　서울특별시 서초구 남부순환로 364길 8-15 동일빌딩 2층
대표전화　02-586-0477
팩시밀리　0303-0942-0478
홈페이지　www.chungeobook.com
E-mail　ppi20@hanmail.net

ISBN　979-11-6855-440-5(03810)